어느 페이지를 펼쳐도
바람이 부는

KB122659

봄

생각했다.
신께서 세상 모든 애정의 형태를
계절로 풀어낸 것이 봄이 아닐까 하고.

"우리 목련이 피어나면 만나요."
했던 안부가 봄마다 예쁘게 피어난다.

덕분에 봄이 오기 전부터 마음에는 꽃향이 일었다.

향긋한 소식이 바람에 실려서
살갗에 녹아드는 계절의 시작.

꽃봉오리 초대장이 환하게 피어오르면
보고싶던 사람과 차 마시러 가야지.

세계는 원형으로 돌고 돕니다.

꽃들이 소리없이 분주한 계절 속,
우리는 과거에 다져놓은 얼굴을 마주합니다.

기쁘고 저리었던 모든 시간들이
우리의 표면에 투명하게 남아 있어요.

피어있는 선한 얼굴 앞에서 부끄럽지 않을
오늘을 살아내는 일.

보이는 세계와
보이지 않는 세계에 베푸는 시간이
다시 올 봄을 설계하고 있습니다.

지금 어떤 봄을 살아가고 있나요.

그 무엇 귀하지 않은 것이 없는 하루, 하루들.
우리의 손끝으로부터 피어나는 것이
행복임을 알아차릴 수 있다면.

좋아하는 색이 무엇인지 안다는 것.
웃는 모습이 어떤 색과 닮았는지 알고 있다는 것.

언제 기뻐했는지,
언제 슬퍼했는지 알아주는 것.

애정의 모양이 다져지는 순간들.

우리가 그 계절을 사랑한다.

그 계절이 우리를 살아가게 만든다.

사랑이 우릴 그 계절에 살게 한다.

환한 사람과
달달한 바닐라 아이스크림을 들고
벚꽃나무 사이를 걸었다.

조용히 내리던 꽃비.
벤치에 앉아 눈으로 담았다.
옷 위로 떨어져 내린 꽃방울.
짧은 탄성의 연속.

그렇게 봄의 소란은 우리의 몫.

"사랑스럽다.
이렇게 사랑스러운데
어떻게 사랑하지 않을 수 있겠어."

흩날리는 꽃잎의 목소리를 모아
당신의 손바닥에 수놓는다.

조용히 들뜬 공기 속
우리 맞닿은 자리가 곧 봄이다.

모든 좋은 것은 우리 안에 있다.

혼자 걸으면 구조, 무늬, 문장,
색을 수집하기 좋고

같이 걸으면 그 사람이
수집해 온 것들을 읽기 좋지.

유약한 것은 아름답다.
낮에 풀어내고 밤에 깃든 위대한 기운.

꽃은 당신의 눈빛을 받아
깊은 호흡을 내쉰다.

꽃잎 맥을 따라 기쁘게 흐르는 물길.
호의로 피어나는 새로운 가치.

꽃과 당신.
오늘은 있는 자리에서
얼마나 선량하게 웃음지었을까요.

'그 중 제일은 사랑이라,'

사랑은 그대이고,
그대 앞의 나이며,
우리이고,
우리를 둘러싼 모든 것.

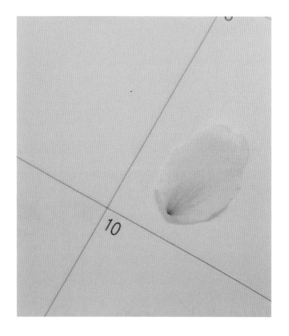

가방 속에 들어있던 벚꽃잎 친구

아는 만큼 보이는 법,

당연함의 세계가
서로 다르다는 걸 알면
우리는 덜 오해하고
덜 무례할 수 있습니다.

그렇게
사랑할 수 있습니다.

매일이 기적과 행운과 축복임을 기억하는 생.

당신 곁의 누군가가 당신의 수호천사일지도 몰라요.
어떤 모습, 어떤 말투, 어떤 행동을 할지라도요.
아주 커다란 시선에서는 당신을 지키고 있을지 몰라요.
그리고 당신 역시 누군가의 수호천사일지 모르죠.
스스로 눈치채지 못한 채로요.

우리는 매일 하루를 선물 받아요.
매일 아침 새롭게 시작할 수 있습니다.
이 얼마나 기쁜지요.

사랑으로 이루어진 우리가 하는 모든 말을
무의식의 언어로 치환하면
"사랑해 주세요." 혹은 "사랑합니다."가 됩니다.

쉽게 행복해지는 방법,
지척에 있는 감사할 일을 발견하면 됩니다.
우리 오늘도 부지런히 행복하도록 해요.

단순해요.

자주 하는 말이 자신 앞에 펼쳐집니다.

쓰고 있는 단어, 문장들을 돌아보세요.
지금 생각하고 표현하는 것들이
자신을 사랑하고 소중히 여기는 것일지 잘 살펴줍시다.

[예쁜 하루를 만드는 열세 가지 방법]

살아 있는 지금에 집중하기.
모든 것은 과정이라는 걸 알아주기.
비교 앞에 자신을 두지 않기.
스스로에게 상처주지 않기.
모든 일에는 양면이 있음을 기억하기.
더 좋은 방향으로 가고 있음을 믿어주기.
건강한 자신만의 선을 지키며 주변을 포용하기.
아이를 믿어주고 사랑하는 것처럼 자신을 믿고 사랑하기.
사랑하는 사람에게 사랑한다고 말하지 않고
사랑을 전해 보기. (당연히 사랑한다고 말해도 좋다)
좋아하는 자연물 들여다보기.
내 앞에 집중하고, 잘 쉬어주기.
지금에 감사하기.

여기까지 읽은 자신을 위해 살짝 미소지어보기.

[(   ) 하루를 만드는 나만의   가지 방법]

비밀인데, 회사 계정 비밀번호로 쓰는
문장에 happ라는 단어가 들어있어.
남몰래 접속 할 때마다 기분이 좋아진다.

우리는 행복과 아름다움을 느끼기 위해 이 지구에 왔답니다.

[자신을 아끼는 2937895231 가지 방법 중 하나]

"귀여운 건 사랑받고 살아남는다."라는 전제를 두고
자신의 귀여움을 발견하면 되는데요.
우주의 시선에서 우리는 정말 작고 소중하답니다.

자, 자신의 귀여운 점을 자유롭게 마구마구 적어봅시다!

"지금"이란
과거에 뿌려둔 꽃씨가 피어난 모양.
자, 이제 무슨 씨앗을 심어볼까요.

.

"이 다음은 어디로 가게 될까."

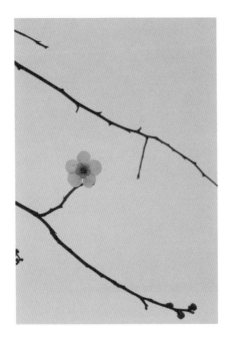

"넌 어디든 갈 수 있지."

자연스러움 속에는 기쁨과 슬픔이
동시에 녹아 있다는 걸 느끼기 좋은 시절,

감사한 우리의 꽃시절.

우리 얼마나 아름다웠는지 알아?
다시 없이 아름웠지 우리.

여름

1.

행복은 내 안에 있다.

2.

자산을 시간으로 한정하지 않는다.
진정한 자산이란 깊이 들여다보는 시선이다.

3.

애틋하게, 존중하는 시선으로.

4.

당신을 보고, 나를 본다.

5.

산뜻한 오월을 따라 발걸음을 움직인다.

오감으로 걷기 좋은 6월,
대지가 여름으로 구워지는 냄새가
고소하게 올라온다.

봄보다 늦게 찾아오는 오후가 만들어내는
유월 팔레트.

이 시기에만 볼 수 있는 것들을
잊어버리지 않도록
기록해두자.

모두 담길 일 없겠지만.
그래서 좋아.

올해도 자주 걷자.

1.
볼 때마다 좋은 인연이 있다.

타고난 선함과
동시에 무수히 닦아냈을 결,
절로 마음이 비워지는 깊이감,
이 순간을 읽을 수 있음에 감사하며
어느새 깨끗해진 정서가 순환한다.

2.
오래도록 아름다운 것들은
주로 식물을 닮았다.

3.
유칼립투스 오일 한 방울을
손에 떨어트려 비비고
크게 들이 마시고 내쉰다.

깊고 느린 숨,
아침과 점심에 고요히 지니는 짧은 명상.

4.
어느 날은 좋아하는 것들로만 가득 채워요.
여행하듯 가볍게.

당신은 주변에 어떤 에너지를 더하는 사람인가요?
지금 어디에 머물러 어떤 색으로 흐르고 있나요?
오늘 당신의 영혼은 무슨 색인가요?

1.
초록 잎이 가장 찬란한 시기.
자주 걷고 자주 행복해한다.

2.
소리가 없는 것을 따로 모아 정리해두고 있다.
가만히 앉아 그들이 내는 소리를 듣는다.
소중히 여긴다는 뜻이다.

3.
아침마다 나무를 쓰다듬는다.

4.
당신이 잘 지낸다는 소식을 전해 받는다.

5.
사랑은 기꺼이 언제나 당신 곁이다.

체리는 가장 마지막에 먹습니다.
이미 좋은 순간이니 살짝 미뤄두어도 괜찮지요.
귀여운 하루 보내요.

완전하지 않아.

그래서 아름답지.

함께 갈 수 있으니까.

혹시 지금 어렵다면
곧 좋은 일이 올 거라는 사인임을 기억해요.

기울면 차요, 차면 기울고요.

달의 속삭임을 기억하며
균형을 맞춰가는 순간을
지나가 볼까요.

그러다보면 어느새 탁 트인
자신만의 들판이 나타날 거예요.
더 없이 환하게요.

모든 바람이 당신의 행복을 그리고 있어요.

마음이 맑아지는 것, 혼탁해지는 것.
모두 제 안에서 일어나는 일.

삶은 스스로
어떤 빛을 머금을지 선택하는 일.
어떤 빛을 내보일지 결정하는 일.

[아주 쉽게 기분 좋아지는 방법]

신나는 곡 틀어두고 춤추기.
잘 추면 잘 추는 대로 재밌고,
못 추면 못 추는대로 웃겨서 재미있거든요.

그리고
우리의 움직임은
이내 꽃잎을 틔워낼 바람을 일으킬 거예요.

이처럼 우리는 살아있는 것만으로
세상을 아름답게 만들고 있습니다.

당신의 생은 다른 생을 살립니다.

빛은 모든 것에 색을 더한다.

어둠이 찾아오기 직전의 찬란을 바라보며
하늘이 살아있음을 아득하게 실감한다.

커다란 삶, 풀잎의 속삭임, 빛을 따라 물드는 피부결,
잔잔한 수면, 힘차게 뛰는 심장.

지는 해를 따라
생에 겸손을 더하라는 의미로 밤이 내린다.

깊은 숨, 속삭임의 풀내음, 자라나는 마음결,
잔잔한 수면, 여리게 숨 쉬는 별.

빛이 찾아오기 직전의 생생한 어둠을 바라보며
우리의 살아있음을 아득하게 소망한다.

어둠은 모든 것에 생을 더한다.

집으로 돌아가는 길,
내 시간을 소중하게 여겨주는 따뜻한 사람에게 말했다.

"너는 네 목소리로 세상을 살리는 사람이야.
그러므로 내가 네게 쓴 시간은 세상에 기여한 거야.
우리가 함께 보낸 시간은 모두에게 좋은 일이었어.
그저 마음에 담은 신념을 지키고 나아가면 됩니다.
내가 바라는 건 그것 뿐이에요.
자신을 믿고 그냥 시도해주세요. 가볍고, 즐겁게."

우리는 우리에게 있어서 가장 좋은 길로 가고 있다.

우리는 주로 사람을 볼 때 장점을 먼저 발견하잖아요.
그런 마음으로 자신의 장점을 먼저 살펴주고,
아껴주는 하루가 되기를.

어느 날 직장 선배가 나를 닮은 꽃이 있다고 말해준 적 있어.
꽃의 생김새도, 이름도 예뻐서 기분이 환해졌던 기억이나.

누군가를 아끼면 그 사람을 닮은 꽃을
찾아주는 것도 좋을 것 같아.

그 꽃의 이름은 Endless summer 였어.

비에 흠뻑 젖은 공원 한 가운데, 풀, 흙, 나무, 꽃.
자유 안에서 곡선의 향을 맡는다.

올해 한여름 생일 기념 독서회,
문득 생일 날의 목소리를 남겨두고 싶어서 녹음해 보았다.

"결심따위는 어차피 인생의
에너지 낭비에 지나지 않는다."
무라카미 하루키의 [저녁 무렵에 면도하기] 중에서.

달이 예뻐서 밤 자전거를 탔다.

자전거를 타고 한강으로 향할 때 듣는
Playlist

/

LUCY - Opening
LUCY - 작은별
세븐틴 - 지금 널 찾아가고 있어
DAY6 - 예뻤어
터치드 - Alive
DAY6 - DANCE DANCE
N.Flying - Flashback
터치드 - 새벽별
세븐틴 - 아낀다
ONF - My Genesis
아이유 - Epilogue

신날 수 있음 주의

요즘 목표 :
민들레 홀씨 되기

바람 따라 가볍게 흐르다가
머문 곳에서 나답게 피어나길.

구름 안에서 무슨 일이 일어나고 있을까?
더운 날에는 구름 요정들이 구름을 만들어내는 상상을 한다.
몽글몽글, 사락사락, 뭉실뭉실, 한 입 먹고싶은 아이스크림 구름.

사랑하는 사람들을
행복하게 해주는 가장 확실한 방법

스스로 행복한 사람 되기

낙원은 스스로 만드는 것.

기억해요.
이미 내 앞에 와 있다는 걸
알아차리기만 하면 됩니다.

빛을 따르지 말고, 자신이 빛이라는 걸 기억해요.

우리에게 가장 불필요한 환상은 "할 수 없다."이고,
우리가 당연히 지녀야할 진실은 "할 수 있다." 입니다.

영혼이 진정으로 기뻐하는 곳으로 갑시다.

당신의 영혼을 춤추게 하는 일은 무엇인가요.

그 달의 첫날 행운을 빌어주면 그 달
내내 행복하다는 말이
매달 첫날이면 제 마음을 찾아요.

읽어주시는 분들께 드리고 싶어서
새로운 달의 첫날,
행운을 빌며 기쁘게 걸었습니다.

당신의 행운을 빌어요.

Good luck!

이번 달은 정말 멋진 한 달이 될 거예요.

멀리 있는 친구로부터 메시지를 받았다.
[비가 많이 와. 비가 온다고 생각이 나네.]

이어져 있다는 감각으로 건강해지는 마음결이 있다.

생각대로 되지 않는 날에도
두려워하지 말아요.

모든 것은 과정이고,
그 생각보다 더 좋은 일이
기다리고 있을테니까.

여름 햇살을 가득 담은
행운의 문장을 보냅니다.

"당신은 최고야.
언제나 제일이야.

믿어.
그리고 뜻대로 해.
모두 이루어질 거야.
다 해. 하고 싶은 거 다.
전부 다."

가장 좋은 것을 나의 사랑에게 준다.
이 글을 읽는 당신과 내 자신에게,

이제는 알아요.
모든 걸음은 한 치의 오차도 없이
정확했다는 걸요.

어떤 슬픔도, 외로움도, 괴로움까지도.
모두 이곳에 오기 위해서였다는 것을요.

경이롭게도 내가 지나온 고난은
매번 변화하는 것이 더이상 두렵지 않게 했죠.

나아갈 때 나아가고
들어갈 때 들어가는
끝도 없는 바다처럼.

어느 날은 나의 집이 되고
친구가 되고, 선물이 되는
나의 모든 순간.

매번 내 앞의 물 한 잔에도
감사할 수 있었던 것은.

매번 달리 밀어들어오는
파도에 크게 기뻐하는 것은.

나의 영혼이 여기 오기 위해서였다는 걸.
알아요. 여기, 이 지금에요.

가을

천천히 걸으면서
세상에 얼마나 아름다운 게 많은지 봅니다.

시원한 공기.
간밤에 내린 비로 진하게 올라오는 풀내음.
노랑 나비를 따라 흘러나오는 순한 미소.

가장 귀한 것을 나눌 줄 아는 지구의 넉넉한 품.

반짝이고 살랑이는 것을 수집하며
숨을 크게 내쉬고 지금을 느낍니다.

기억해 봅니다.
우리는 이 풍요를 느끼기 위해
지구별에 산책 나온 소중한 영혼이란 것을요.

기도해 봅니다.
어느 날의 기쁨과
이 시간의 고요를 머금고 당신의 평안을요.

기록해 봅니다.
우리가 우리일 때 가장 아름답다는 사실을요.

천천히 살피면서
세상에 얼마나 아름다운 게 많은지 봅니다.

여름과 가을 사이 바람을 손으로 만질 수 있음에 감사합니다.

고독을 쓸쓸하게 읽지 않게 된 건,
방 안 홀로 있던 나와 잘 지내는 방법을 알고 나서부터.

고독이란 그저 더 나은 자리를 위한
또 다른 좋은 자리라는 걸 깨닫고 나서부터.

언제든 다정한 세상과 연결될 수 있다는
믿음을 지니고 난 후부터.

그리고 한 번도 혼자였던 적이 없다는 것을
알아채고 나서부터.

매일 아침 차를 우리는 시간.

물 온도를 맞추고
찻잎이 천천히 퍼져나가는 걸 바라본다.

물 위로 번져가는 흔적이
베타의 지느러미 같기도 하고,
꽃잎이 생겨나는 순간 같기도 하다.

한참을 보다가 물빛이 옅은 호박색을 띨 때에
찻잎을 건져내고 일찍이 닿는 향을 먼저 마신다.

취향을 손으로 만들어 낼 때의
기쁨이 찻물과 함께 몸 안에서 천천히 돈다.

찻잎처럼 소중하게 모아둔 마음이
닿아야 할 곳에서 알맞게 우러나
기쁘게 머물기를 언제나 기도한다.

오직 홀로 느낄 수 있는 기쁨이 있다.

사락 사락 책 넘기는 소리,
따라 읽는 작은 발음,
모든 소리가 사라지는 몰입의 순간.

초콜렛 상자에서 매번 다른 초콜렛을
꺼내먹는 듯 재미있고 즐겁지.
언제 시작했냐는 듯
스르륵 사라져버리는 것도 비슷하고.

마지막 문장 끝에서 멍해지는 순간이 좋다.
그 여운을 자주 만날 수 있는 귀한 시간.

[혼자 단편 소설집 읽는 시간]

오래 구전되는 귀여운 상상력을 좋아한다.
이를테면 운동화 끈이 풀린 건
누가 내 생각을 했기 때문이라는 다정한 발상.

신발끈이 풀렸는데도 기분 좋아져서는
'너의 신발끈도 풀렸을까.' 하고 생각한다.

/

귀여운 상상력이 여기저기서 터져나오는
말랑한 시대에 0.01%라도 기여하는
삶을 살아가고 싶다.

/

모두가 서로를 위하는 마음 하나씩 나누면
이 지구는 금세 따뜻해지겠지요.

"금각사가 예뻐요. 교토에 가실 거라면 꼭 들러보세요."
라고 아주 오래전에 전해준 목소리를 잊지 않고 있었다.
긴 시간이 흘러 만나게 된 가을 초입의 금각사는
처음 만나는 신비로움이었다.
오래전 금각사를 알려주신 분께
사진에 마음을 담아 안부를 전했다.
오랜만의 연락에도 여전한 목소리와 그 시절의 온도로
함께 좋아해 주시고 다음에 갈 장소를 일러주셨다.

다음을 새겨두는 일은 때로 이토록 따뜻하다.

저는 천사를 믿어요.
이 믿음은 좀 오래되었는데요.

천사가 눈에 보이지 않은 채로
세상 여기저기에서 잘 지내다가
틈틈이 나를 지켜준다고 생각하면
세상 이곳저곳이 귀엽고 사랑스러워지는 것이지요.

안 믿는 쪽보다 믿는 쪽이
훨씬 기분 좋으니까.

당신은 어떤 기분 좋은 믿음을 가지고
세상을 재미있게 살아가고 계실지요.

어느 날에는 당신의
귀여운 상상을 듣는 날이 있었으면 좋겠습니다.

자전거 타는 걸 좋아한다.

너른 들판을 양옆으로 두고 달리는 일,
한쪽 팔을 들어 바람을 느끼는 일,
생활상이 녹아 있는 골목을 구불구불 지나는 일,
함께 달리는 사람과 호흡을 맞추는 일.
잘못 들어선 길에서 재미있는 장면을 마주하는 일.

이 모두 다른 결의 경험이지만
나를 풍요롭고 행복하게 하는 단 하나의 일.

한 장, 한 장 천천히 읽어주세요.
숨을 크게 들이마시고, 내쉬고.

다시 한 번 들이마시고 후우 –

호흡하며 우리를 둘러싼 풍요를 만끽해 주세요.

풍요란,
깊이 호흡할 수 있도록 도와주는
공기를 느끼는 마음입니다.
이 지금에 감사할 줄 아는 것이지요.

천천히 숨을 내쉬며
살아있음을 실감하는 이 페이지를 선물합니다.

우리 함께 들이 마시고, 내쉬고.
후우 –

자신을 진정으로 사랑하는 일은
자신만 생각한다는 뜻이 아니라,
자신과 주변에게 넉넉해진다는 뜻이다.

차분한 공기.
서가에 꽂힌 역사의 냄새.
손 끝에 닿는 종이 질감.
낯선 이의 옆선마저 다정하게
느껴지는 포근한 감각.
손 안에서부터 확장하는 고유한 경험.
좋아하는 것이 가득한 장소.

네, 언젠가 우리 서점에서 만나요.

<런던에서 가장 아름다운 독립서점인
Daunt books에서 보내는 메시지>

삶이란, 존재하는 것의 다른 온도 차를
있는 그대로 사랑할 때 한층 더 풍부해진다.

우리에게는 신의 조각이 하나씩 들어있다.
그 조각은 세상 그 어떤 별보다 찬란하다.
신은 실수하지 않는다.

당신은 존재만으로
더할 것 없이 아름답다.

내면에 놓인 그 유일한 빛을
가만히 보고 있으면 절로 행복해진다.

그대 거기 있고, 내가 여기 있다.
더는 바랄 것이 없다.

제 빛으로 환한 당신께
이 시절의 사랑을 전합니다.

당신의 퀘렌시아는 어디인가요.

모든 것은 흐른다.
무수한 확률 속에서 어떻게 이렇게 닿았나
생각해보면 내 앞에 있는 당신이 귀하지 않을 수 없지요.

모든 것은 연결되어 있고,
세계는 다정한 쪽으로 흐릅니다.

잘 지냅니다.

잘 놀고 잘 쉬고
읽고 싶은 거 읽고
보고 싶은 거 보고
안과 밖을 살피고
먹고 싶은 거 먹고
춤추고 노래하고
자전거를 타고
지닌 것을 아껴주고
존중해주는 환경에서 소통하고
좋아하는 사람들과 교류하고
오래 잡니다. 아주 깊이.

색고운 낙엽을 주워서
간직하는 그런 순한 나날들.

교토 후시미 이나리 신사를 향하며
녹차 아이스크림을 들고 살짝 춤추듯 걸었다.
걷다가 길에서는 모르는 사람들의 카메라에 담겼다.
마음껏 평평해지고 웃고 걷고 흔들거리고.

지금은 방 안에서 페퍼민트 차를 마시면서
"그랬었지." 한다.

'반짝이는 순간들은 훌쩍 지금뿐이라,
부지런히 기록해야 하는구나.' 한다.
몸도, 마음도 기분 좋게 화 - 한 느낌의 밤,

겨울

포근하고 느린 음악을
듣기에 알맞은,

눈 감고
읽어낼 게 많은,

가장 따뜻한 걸
찾아낼 수 있는,

일 년 중 가장 시리고도 설레는 네 번째 계절,

여러분의 삶을 따뜻하게 하는 것은 무엇인가요?

이른 아침, 날씨를 보니 영하의 기온이라고 합니다.
가장 두꺼운 외투를 꺼내어 입습니다.
옷에 파묻혀 든든한 마음으로 캄캄한 아침을 헤쳐나갑니다.

시린 바람이 불어오자 마음 속에 둥실 떠오르는 것이 있습니다. 뜨끈한 국물 요리, 봉투 한아름 든 붕어빵, 보드라운 목도리와 무릎 담요, 두런두런 나누는 담소, 불빛이 들어오는 크리스마스 장식, 선물 받은 향초와 갓 구운 아몬드 냄새가 날 것 같은 포근한 캐럴까지.

추위가 있어 따뜻함이 빛을 발합니다.
이처럼 서로 다른 면이 닿아 더 선명하게 느낄 수 있는 감각이 있지요. 저는 여름을 좋아하지만 그 시절엔 앞서 떠올린 것들이 이만큼 반갑지 않을테지요. 그리 생각하면 겨울에게 고마운 마음이 듭니다. 좋은 것들은 어디에나 있어요. 알아차리기만 한다면 어쩌면 우린 늘 낙원을 걷고 있는 걸지도 모릅니다.

여기까지 생각이 미치자 묻고 싶어졌어요.

당신의 삶을 따뜻하게 하는 것은 무엇인가요?

당신의 삶을 따뜻하게 하는 것을 남겨주세요.

행복해요?

네, 행복해요.

어떻게요?

같은 하루는 단 하루도 없으니까요.

행복해요?

네, 행복해요.

어떻게요?

작고 예쁜 것들이 하늘하늘 쏟아져 채운 설국,
나누고 싶어서.

우리가 지닐 수 있는 유일한 시간, 생.

그 속에서 가장 중요한 것은
사랑하며 사는 일이라고 말했던 이의 흔적을 읽는 겨울밤.

빛과 어둠 가운데를 걷다가 그려본다.

누군가는 기쁜 밤,
누군가는 서글픈 밤,
또 누군가는 기다리는 밤.

오늘은 기다리는 이들보다
먼저 찾아가 손 내밀고
품어 안는 이들이 더 많은 밤 되기를.

어둠 가운데 찬란이 쏟아지는 밤 되기를.

"무엇에 가장 설레나요."

이 문장 앞에서 가장 먼저 떠오르는 것.

도서관, 책, 혼자 하는 산책, 좋아하는 사람들과 하는 산책, 한계를 넘는 사람들의 이야기, 증명, 실재하는 것, 오감으로 느끼는 것, 한 순간도 귀하지 않은 순간은 없었다는 것.

딸기, 설탕 바른 토마토, 생크림, 손 안 가득 뜨거운 머그컵, 크리스마스, 자유, 등산, 자전거, 달리기, 땀 흘리고 해낸 운동, 샤워, 흥얼흥얼 콧노래, 차와 디저트, 느닷없이 울려퍼지는 바이올린 라이브 연주, 꺼진 핸드폰, 유일한 교감.

그림, 숨은 뜻이 담긴 가벼운 이야기, 선, 취향이 같은 사람과 나누는 대화, 그림책이 가득한 방, 애정이 깃든 공간, 자연스러움.

오래 생각하여 말하는 자의 쉬운 언어.

낯선 길을 걸을 때의 감각.

조화로운 색조합, 물감, 붓 닿기 직전의 팔레트, 색연필 냄새, 종이에 처음 선 그을 때의 느낌, 이게 끝이야 하고 그리기를 멈추는 순간의 작은 희열.

낮은 조도의 방, 환한 대낮, 핑크색 하늘, 맑게 찢어질 것
같은 파랑 하늘, 봄과 여름 사이의 초록, 초콜렛.

온기. 계속 되는 걸음.
유일한 항해. 알아주는 마음.
숲과 바다.

좋은 말. 그 '좋은' 말을 깨는 진실.

카타르시스.
언제 끝날지 알 수 없는 각자의 파트.

그래서 지금 해야하는 것은요.

우리가 되어야 할 것은
우리의 얼굴.

매일 아침에 일어나 말했다.
"감사합니다."라고.
슬픈 날에도, 기쁜 날에도 변함 없이.
그렇게 어떤 슬픔이 모두 말라 사라져갔다.
그 마음 자리에는 아무 것도 남아있지 않았다.

정답은 없어요.
행복이라는 디폴트 안에
무수한 다양성이 존재할 뿐,
마음을 따라 가벼이 지금을 선택합니다.

어떤 일 앞에서도
마음을 잘 챙기고 기쁘게 지내려는 이유 :

에너지나 유전자가 내가 아닌 쪽으로 전해질 때
그 생이 조금이나마 더 평온하고 건강하기를
바라는 마음으로.

"반드시 행복하세요."

이 말을 듣고 이미 행복해서,
당연하고 새삼스럽다 여겨진다면
그대로 감사한 일,

'그래, 행복해야지!' 라는 생각이 들었다면
모든 판단과 기준을 내려놓고
있는 그대로의 자신을 안아주는 시간 보내주세요.

잘 잤어?
사이 좋은 관계에서
일어나자마자 가장 많이 전한다는 말.
간밤의 안부를 묻는 다정.
곁이 당연하지 않다는 걸 기억하는 마음.

당연하게 여기던 것이
가장 당연하지 않음을 알 때,
이 지금이 얼마나 근사한지 알 수 있다.

잘 잤어? 라고
자주 묻는 시절을 살아가야지.

세계는 균형을 맞추는 방식으로 작동한다.

그러니 마음을 읽을 때 드러난 상처를
슬픔으로만 바라보지 않기로 한다.

아픔은 마주보는 순간 회복되기 시작한다.

어느 날 힘겨운 마음을 안고 집에 들어왔는데
벽에 붙여둔 인생네컷이 보이는 거야.
그 안에 담긴 우리가 환하고 예뻐서
'그래, 힘내서 잘 살아야지.' 하고 웃었네.
이처럼 작고 귀여운 순간 덕분에 살아온 시간이 있다.

너만의 이야기를 해.
너와 같은 경험을 한 사람은 단 한 명도 없어.
그리고 그 이야기는 누군가에게 빛이 되겠지.

"자신에게 친절한 게 최고의 친절이야."

찰리 맥커시의
<소년과 두더지와 여우와 말> 중에서

생각은 자신이 가장 먼저 만난다.
말한 것은 자신이 가장 먼저 듣는다.
지금 하고 있는 생각과 말이 지금을 만든다.

입가에 미소를 띄우고
소리 내어 함께 읽어봅시다.

"우리는 있는 그대로 아름답다.
원하는 무엇이든 될 수 있다.
우리는 우주의 정성으로 빚어진 사랑이다."

지구 건너편에 살고 있는 요정님에게로부터
보름달이 엄청 크게 뜰 거라고 연락이 왔다.
반드시 달빛을 빵빵하게 채우라고.

메시지를 읽고 사랑스러워서 웃음이 나왔다.
덕분에 훤하게 뜬 달을 바라보았다.

나지막이 탄식하며
떠오르는 이들의 행복과 기쁨을 소망했다.

크고 둥그렇게 떠오른 달은
어쩜 이토록 우리를 꿈꾸는 사람으로 만들어줄까.

어떤 소망이든 모두 들어 줄 것 같은
푸근함을 사랑할 수밖에 없다.

기분 좋은 달밤이다.
이번 소망도 모두 이루어지길.

고마워요.
어여쁜 달님과 사랑스러운 요정님.

좋아하는 꽃 한 다발을 사들고 걷는다.
새하얀 카네이션. 발걸음이 가벼워진다.
낯선 거리에서 이름 모를 사람들과 인사를 나눈다.
숙소에 돌아와 화병에 꽂아 오래 두고 본다.
기분 좋은 향이 은은하게 퍼진다.
멀리에 두고 보다가 가까이 옮겨 감상한다.
그러다 연약한 줄기 하나가 꺾여있는 걸 발견한다.
여전히 고운 얼굴. 오래 볼 자리를 찾는다.
꺾인 꽃이 더욱 아름답게 놓일 자리가 있다.

꽃도 그렇듯 우리도 그렇다.
각자의 아픔과 각자의 아름다움이 있다.
세상 유일한 자신만의 이야기를
어디에 두고 지켜볼 것인지는 모두 우리에게 달려있다.

오늘 달, 같이 보고싶어서
몇 번 하늘을 올려다 보았다.

행복한 하루였나요?
오늘 하루 중 가장 행복했던 순간은 언제였나요.

떠올려 봅니다.
자신에게 의미 있던 순간을 떠올리면요.
각자 마음에서 피어나는 기쁨을 만날 수 있을 거예요.

그리고 가만히 그 기쁨을 느껴보세요.

우리의 마음속에 행복과 기쁨을 일으키는
순간, 장소, 사람, 사랑에
조금이라도 시간을 더 쓴다면
우리는 이전보다 분명히 더 행복해지겠지요.

살다가 틈틈이 멈추어서 자신에게 물어봐 줍시다.

'오늘 행복했던 순간이 언제였지?'
'하루 중 나에게 가장 의미 있던 일은 무엇이었을까.'

올바르게 되돌아보면 그곳엔 늘 답이 있어요.

순수한 자신만의 기쁨을 만나
있는 자리에서 언제나 행복하시기를.

아침에 일어나니 함박눈이 내리고 있었다.
눈의 고요를 둘둘 두르고
세상에서 가장 포근한 이에게 받은 코코아를 마시며
창문 밖을 한참 보았다.

예쁘게 펑펑 내리는 함박눈이
가슴을 쿵쿵 두드린다.

결국 카메라를 슥 둘러메고,
겨울을 좋아하는 이유 속으로 들어간다.

길에서는 아이들이 함박 함박 웃는다.
그 어느 때보다 아이들이 강해지는 순간,
우리의 내면 아이가 뽀드득 뽀드득 기뻐하는 날.

올해도 얼어붙을까.

한강에 서서
이런 저런 흔적들을 보고 있으면
아무 것도 모른다는 걸 다시 알게 된다.

종종 느리게 흐를 때에서야
더 많은 걸 볼 수 있다.

매일 재미있고 신비롭다.
생생한 생.

백색 소음 속 고요를 선택한다

내향형인 사람들로만 차 있는 것 같은
어느 카페 지하의 공기가 푸근하다

가장 구석 자리
푹신한 의자 등받이에 기대어

두 손 가득 온기,
두런두런 낮은 음성 그리고
사락사락 깃스치는 소리를 마신다

투둑투둑 떨어지는 비 사이를
지나오며 식었던 몸이 데워진다

타이핑 치는 점
그림을 그리는 선
연락을 기다리는 면

다른 사람들이 그리는 세계를 보지 않고 구경한다

이 완벽한 고요를
도와주는 오늘의 친구는
이가 아릴 정도로 단 핫초콜렛

좋아하는 사람들에게
좋아한다고 전하는 시간을 좋아한다.
올해가 완전히 희미해지기 전에
다양한 방식으로 마음 전하는 나날들 되기를.

당신에게 가장 쉬운 언어를 골라요.
이미지, 영상, 글, 음악 무엇이든.
고른 언어로 오늘 밤엔 그 누구보다
자기 자신을 기쁘게 해주세요.
더 많이 품어주세요.

스스로 만든 좋은 기억들이 모여 좋은 향되고,
그 향은 아주 멀리까지 퍼져나갈 거예요.
많은 존재들을 기쁘게 할 것이고요.

오늘은 당신의 평온을 위해
마음 담아 전합니다.

있는 그대로 충분해요.
그 모습 그대로 반짝이는 시간을 살아요.

당신은 세상에 둘도 없는
아름다운 소우주라는 걸 기억해요.

이 글을 읽는 당신에게
행운과 행복이 깃들기를.

소중한 당신과 연말에 하고 싶은 일 :

올해 마지막 날에는 스스로에게 상장을 수여해봅시다.
한 해 가장 잘했다고 생각하는 부분에 대해 칭찬하는
상장을 만들어 간직해요.
손으로 적어도 좋고, 워드로 작성해 프린트를 하거나,
색연필이나 아이패드로 그림을 그려도 좋습니다.
이미지 파일로 간직해도 재밌지요. 형식은 자유입니다.

그리고 '올해 가장 잘했다 상'을 만들 때 생각나는
사람이 있다면 그 사람에 대한 상장을 만들어 줍시다.
다만, 자신에게 주는 상을 만든 후에 만들어야 해요.
그리고 상장을 만들면 전달하는 시간을 갖기로 해요.
수여식이 끝나면 가장 좋아하는 노래를 들어놓고
음식을 나누어 먹어볼까요.
이 외에 자유로이 축하하는 시간이 되기를 바랍니다.

소중한 당신이 일상 속 기쁨을 만나는 시간이 되길.

[자신에게 주고 싶은 상의 이름을 적어보세요.]

[떠오른 이가 있다면 이름을 적어주세요.]

[그 분에게는 무슨 상을, 어떤 이유로 주고 싶나요.]

이 글을 읽는 모두를 마음으로 안고 말해주고 싶어요.
우리 모두 참 잘했어요.

벌써 겨울의 마지막 장입니다.
안녕이라고 발음 되어지는 순간들은
시리고도 아릿하지만 또 씩씩하게 지나가요.

우리는 우리의 겨울을 걷고,
봄을 향해 먼저 날아가는
유연한 존재를 봅니다.
다시 볼 날 그리 멀진 않겠지요.
네, 적당한 날 애틋하게요.

다시 만나기 전까지 우리가 할 일은 단 하나 뿐입니다.
자기 자신으로 살아가는 일. 그 뿐이에요.
우리 언젠가 다시 만나요. 안녕, 안녕.

독자님들께

안녕하세요. 손지현 입니다.
[어느 페이지를 펼쳐도 바람이 부는]은
근 10년 간의 기록을 엮은 치유 사진 문장집입니다.

2테라 바이트 사진 속에서 사계절의 바람을 꺼내어 엮었고,
세상의 치유를 바라는 마음으로 적어내려간 2만개의 문장 속
에서 '행복'과 닿아있다고 생각하는 내용만을 담았습니다.

이 책을 만난 분의 수만큼 행복의 정의는 다양하겠지요.

저에게 행복이란 어디에서나 만날 수 있는 시원한 바람과
같은 것이었어요.

그래서 책의 판형을 한 손에 들어오는 작은 크기로 정하여
언제 어디서든 가볍게 펼쳐 볼 수 있도록 제작하였습니다.
그리고 목차와 쪽수를 따로 두지 않았습니다.
어느 곳에서나 자유로이 머무르시길 바라는 마음으로요.
또한 자주 등장하는 여백 앞에서 숨 한 번 크게 내쉬기를
바라는 소망을 담았습니다.

이 책을 읽을 때 당신은 어떤 마음이 드셨을까요?

읽어주신 그대의 마음에 단 한순간이라도
시원한 바람이 불었으면 합니다.

소중한 호흡을 함께 나눠주셔서 감사합니다.

세상에서 가장 소중한 당신의 행복을 그리며
손지현 올림

다시, 봄

모두가 알고 있는 세상의 이치,
"따뜻하면 꽃이 피어난다."

우리의 마음도 마찬가지입니다.

자신의 온기를 느낄 수 있다면
언제 어디에서든지 마음 안에 꽃을 피울 수 있어요.

그리고 살아있는 당신은
누군가에게는 아주 오래 기다려온 봄입니다.

바로 이 지금처럼요.

그곳에 있어주셔서 감사합니다.

살아있는 봄날에게,
어느 날의 바람이 올림

어느 페이지를 펼쳐도
바람이 부는

초판 1쇄 인쇄 2024년 3월 20일
초판 2쇄 발행 2024년 5월 20일

지은이 / 사진 / 디자인 손지현
이메일 lovepoem.txt@gmail.com
인스타그램 @from.som___